La otra vida de Caz

La otra vida de Caz

Tanya Lloyd Kyi

Traducido por
Eva Quintana Crelis

orca soundings

ORCA BOOK PUBLISHERS

D.R. © 2004 Tanya Lloyd Kyi

Derechos reservados. Prohibida la reproducción o transmisión total o parcial de esta obra por cualquier medio o método, o en cualquier forma electrónica o mecánica, incluso fotocopia o sistema para recuperar información, conocido o por conocerse, sin permiso escrito del editor.

Catalogación para publicación de la Biblioteca y Archivos Canadá

Kyi, Tanya Lloyd, 1973-
[My time as Caz Hazard. Spanish]
La otra vida de Caz / Tanya Lloyd Kyi.

(Orca soundings)
Translation of: My time as Caz Hazard.
Issued also in electronic formats.
ISBN 978-1-4598-0187-5

I. Title. II. Title: My time as Caz Hazard. Spanish.
III. Series: Orca soundings
PS8571.Y52M918 2012   JC813'.6   C2011-907855-4

Publicado originalmente en los Estados Unidos, 2012
Número de control de la Biblioteca del Congreso: 2011943739

Sinopsis: Cuando la conducta de Caz y de Amanda parece empujar a una compañera al suicidio, Caz se ve forzada a reflexionar sobre sus actos.

*La editorial Orca Book Publishers está comprometida
con la preservación del medio ambiente y ha impreso este libro en papel certificado
por el Consejo para la Administración Forestal®.*

Orca Book Publishers agradece el apoyo para sus programas editoriales proveído por los siguientes organismos: el Gobierno de Canadá a través de Fondo Canadiense del Libro y el Consejo Canadiense de las Artes, y la Provincia de Columbia Británica a través del Consejo de las Artes de Columbia Británica y el Crédito Fiscal para la Publicación de Libros.

Imagen de portada de Getty Images

ORCA BOOK PUBLISHERS
PO Box 5626, Stn. B
Victoria, BC Canada
V8R 6S4

ORCA BOOK PUBLISHERS
PO Box 468
Custer, WA USA
98240-0468

www.orcabook.com
Impreso y encuadernado en Canadá.

15 14 13 12 • 4 3 2 1

Para Gordon y Shirley Lloyd

Capítulo uno

Le di un puñetazo a mi supuesto novio al final del décimo grado.

Joel jugaba en un equipo de hockey de las ligas menores y su gran sueño era ser descubierto y vivir en Nueva York o en Chicago. Yo pensaba que sus posibilidades de lograrlo eran muy pocas o simplemente nulas, pero eso no es algo que le puedas decir a tu novio.

Algunas noches parecía que el principal propósito de Joel era estrellarse contra otros jugadores. Siempre se metían en peleas falsas, tirándose de las camisetas y lanzándose puñetazos de exhibición. Echaban los puños hacia atrás tan rápido que apenas se tocaban entre sí.

Yo iba a los partidos con mi amiga Mel, más que nada por hacer algo. Llevaba chocolate caliente y palomitas de maíz, y Mel hacía todo lo posible por parecer una fanática del hockey. En realidad, con su abundante cabellera castaña echada hacia atrás y sus lentes de montura metálica, se parecía más a una estrella de Hollywood. Yo me la podía imaginar en una de esas viejas películas de amor en blanco y negro. Mel es demasiado inteligente como para que le guste el hockey. Iba a los partidos sólo por mí y los veía con una expresión perpleja.

Una vez vimos cómo aplastaban a un jugador contra el borde de la pista, cerca de las gradas. Su cabeza golpeó el plexiglás y le empezó a sangrar la ceja; era como un pequeño río rojo que corría junto a su nariz. Miró hacia arriba y, al ver pegadas al vidrio a unas quinceañeras vestidas a la moda, guiñó un ojo.

Mel hizo un ruido de asco.

—Se porta como si fuera el dios del hockey —dijo—. Y está orgulloso de esa sangre. Me revuelve el estómago.

—Es bastante guapo… sin la sangre —le dije con una sonrisa.

Joel tampoco estaba nada mal, con su cabello castaño oscuro, espalda ancha y unas cuantas pecas que hacían que pareciera un niño cuando sonreía. Hacía tres semanas que éramos novios, así que yo estaba viendo más hockey de lo habitual.

Mel lanzó un resoplido, sin dejar de ver al chico ensangrentado.

—El problema es que sabe muy bien que es guapo. ¿Puedes creer cómo se le echan encima esas chicas? POR-FA-VOR. Deberían darles terapia de emergencia por el mal gusto.

Casi me atraganté con mi chocolate caliente.

—Este... Mel, ¿ya te olvidaste de que estoy saliendo con un jugador de hockey?

Me miró muy seria. Era obvio que lo había olvidado por un momento.

—Tal vez no cuenta si sólo sales con uno. Pero no salgas con más de tres seguidos.

—Estás celosa —le tomé el pelo.

—Sólo espera a que le tiren todos los dientes a Joel y vas a ver lo celosa que estoy. Entonces seguro que me vas a decir que las dentaduras postizas son *súper* sexy.

Eso fue la noche del viernes. El lunes por la mañana estaba hablando con

Mel antes de clase y una tipa muy guapa y tonta de noveno grado se nos acercó como si tal cosa. Tenía el cabello atado en dos cursis coletas. La seguía una corte de dos o tres chicas como apoyo moral.

—He decidido que es mejor que lo sepas —dijo. Odio cuando la gente piensa que deberías saber algo. Es como cuando tus padres te dicen que algo es por tu propio bien. Con eso basta para saber que no te va a gustar.

La Chica Tonta respiró hondo. Una de sus amiguitas le dio un pequeño empujón para que se adelantara.

—Anoche Joel se acostó conmigo.

Se le quebró la voz a la mitad de su gran frase. Se dio la vuelta y huyó por el pasillo hacia el baño de chicas. Una de sus amigas se quedó un momento más.

—No supo de ti sino hasta después —dijo en susurros.

Mel trató de calmarme toda la mañana.

—Deberías hablar con él —me dijo, muy razonable—. Seguro que tiene una explicación.

—Sí, seguro que va a explicarme que esa chica tiene pechos más grandes que yo.

Al final, Mel perdió las esperanzas de que me relajara.

Cuando sonó la campana del almuerzo, fui directamente al gimnasio. Sabía que él iba a estar ahí con sus compañeros de hockey. Estaba de espaldas. Yo caminé hasta él y le di un golpecito en el hombro. Todos se quedaron en silencio. Seguramente ya sabían lo de la Chica Tonta. La furia hizo remolinos en mi cabeza hasta que me lloraron los ojos y sentí como si se me estuviera cerrando la garganta.

Joel casi no tuvo tiempo de verme. Cuando se volteó, mi brazo ya estaba en pleno vuelo. Le di un puñetazo justo en la nariz. Se cayó de espaldas, como un árbol. Me di la vuelta y me fui antes de que pudiera decir ni una palabra.

Sus amigos ya se estaban riendo de él.

Capítulo dos

Me suspendieron. ¿Quién lo hubiera dicho? Dos segundos, un puñetazo y *voilà*: dos semanas fuera.

Al principio valió la pena. De todas formas era el fin de clases, así que fue como tener dos semanas más de vacaciones de verano. Mi semana de castigo en casa pasó como un suspiro; se suponía que serían dos, pero mis padres se aburrieron y dejaron de confirmar dónde estaba todo el tiempo. Después de eso, casi todas las mañanas tomaba mis cuadernos de dibujo y me iba a sentar al parque bajo el sol: dibujaba a los chicos que les daban de comer a las palomas o a una pareja de ancianos que venía todos los días a sentarse en la misma banca.

Mel me mantuvo al tanto de lo que pasaba en la escuela, de chismes como el enredo de una semana y la veloz ruptura de la Chica Tonta y el Cabeza de Chorlito. La noticia del rompimiento me tuvo feliz por casi un mes.

Entonces, a fines de agosto, todo se derrumbó. La directora de la escuela les dijo a mis padres que tal vez me iría mejor en un ambiente distinto. Así lo decían todos una y otra vez: "un ambiente distinto", como si me estuvieran cambiando de jaula en el zoológico. Mi nueva escuela sería la

Secundaria Superior Dogwood, en East Vancouver. Era más pequeña (con sólo cuatrocientos alumnos) y se suponía que ofrecía más apoyo a los estudiantes. Al final resultó que lo del "apoyo" era como decir que era una escuela en "fase anal". Antes de que empezaran las clases, tuve que ir un día completo a hacer exámenes y la semana siguiente nos citaron a mis padres y a mí.

—Estamos llegando tarde —dijo mi madre con voz tensa mientras abríamos de golpe las puertas dobles de la escuela. Mamá bien podría haber pasado por la nueva directora de la asociación de padres. Llevaba el cabello rubio (cortesía de Clairol) peinado en un complicado moño en lo alto de la cabeza. Es agente inmobiliaria y papá dice que la gente le compra casas por puro susto. Tal vez sea cierto. Alguien olvidó decirle que hace dos décadas que la sombra de ojos turquesa ya no está de moda.

—Sólo por diez minutos —dijo mi papá con calma mientras íbamos en fila hacia la oficina—. No pueden empezar sin nosotros.

Pocos minutos después, ya estábamos sentados en unas sillas de tela gris en la sala de juntas. El director y la mujer que me puso los exámenes, quien resultó ser la coordinadora del área de problemas de aprendizaje del distrito escolar, estaban sentados al otro lado de la mesa.

La Sra. Examen se aclaró la garganta.

—Leímos el expediente de Caz y nos preocupa un poco su desempeño académico.

Mamá casi no la dejó terminar la frase.

—Le aseguro que el incidente con ese chico fue un problema aislado —dijo—. Caz ya ha sido castigada con severidad en casa.

Me encanta cómo creen los padres que el encierro en casa es un castigo severo.

Como si ver telenovelas y almorzar palomitas de maíz fuera doloroso.

La Sra. Examen esperó a que mi mamá terminara de hablar.

—La violencia es sólo una de nuestras preocupaciones. Algunos de los exámenes que hizo Caz a principios de esta semana muestran que tiene un leve problema de aprendizaje.

—Por supuesto que no —dijo mamá. Papá se quedó mudo.

—Se llama dislexia —siguió la Sra. Examen, como si mamá no hubiera dicho nada—. Sin duda habrán oído de eso. La dislexia es un problema congénito y de desarrollo, con causas genéticas y ambientales.

Yo no tenía idea de a qué se refería y me daba cuenta de que mamá tampoco entendía nada.

—Eso es ridículo —dijo.

—Los síntomas incluyen una deficiente capacidad de lectura, problemas de escritura y de ortografía —dijo la Sra. Examen—, así como algunas dificultades con las matemáticas.

Fue entonces cuando mamá salió de la sala. Se levantó con un bufido y se fue. Miré a papá para ver si debía hacer lo mismo. Él no se movió, así que me quedé. Después de un momento, papá volteó a verme.

—¿Piensas que podrías tener eso? —me preguntó.

Me encogí de hombros.

—Soy un desastre en Literatura. ¿Eso cuenta?

La Sra. Examen asintió.

—Sin duda. Sr. Hallard, la dislexia de Caz no es grave. Lo que quisiéramos sugerir es que la coloquen en nuestro programa de lectura de recuperación. Pasará una parte de cada mañana con un grupo pequeño de alumnos y recibirá atención personal de nuestra maestra de apoyo para el aprendizaje.

El resto del día puede tomar las clases regulares.

Papá accedió a todo, como hace siempre, y yo dejé de oírlos. ¿Era curable la dislexia? No quise preguntar.

Cuando salimos, mamá estaba hecha una furia.

—No puedo creer que te hayas quedado y que dejaras que esa mujer te hablara de esa manera —gritó cuando papá se subió al auto.

—Sólo está tratando de ayudar —dijo papá.

Mamá lo remedó con una voz aguda.

—*Sólo está tratando de ayudar.* Bueno, pues la Sra. Bonachona puede callarse la boca. Caz no es estúpida. ¡Espero que se lo hayas dicho!

—Le dije que haremos lo que sea necesario para ayudar a Caz a mejorar —dijo papá. Pensé que era muy amable de su parte, pero yo no tenía esperanzas de mejorar.

—Eres un completo pusilánime —rugió mamá. A mí no me dijo nada—. Lo más probable es que con sólo verte hayan pensado "imbécil". Pueden poner a tu hija en el grupo de retrasados mentales que quieran y tú no dices nada.

Me sumergí en el asiento trasero e hice como que no estaba ahí.

—Nadie está llamando a Caz retrasada mental —dijo papá.

—Ya nadie dice retrasado mental —les dije. Eso fue un error, porque les dio una excusa para dejar de gritarse entre ellos. Los dos voltearon a mirarme con furia.

Cuando llegamos a casa fui directamente al teléfono para llamar a Mel y contarle lo horrible que había estado mamá. Entonces me di cuenta de que tendría que explicarle lo de la clase de lectura de recuperación. Después de marcar la mitad del número, colgué el teléfono.

Capítulo tres

El primer día de clases en Dogwood me puse una falda color vino y mis botas negras altas. Un poco vulgar, supongo, pero quería causar una gran impresión. Y lo logré. No había estado ni dos minutos en el pasillo cuando un chico con cabello negro y rizado y unos enormes ojos marrones se alejó de sus amigos para hablarme. Me di cuenta de que era del tipo de chicos que provoca un silencio en una fiesta con sólo entrar en la habitación.

—¿Chica nueva? —me preguntó. Le dije que me acababan de transferir.

—Yo soy Brad. Te mostraré la escuela.

—Podrías llevarme a mi primera clase —le dije, mirándolo con mucha coquetería. Busqué en mi bolso la lista de salones que me había dado el director. La encontré, ya muy arrugada—. Es en el salón 112.

—Oh, el 112 —dijo y se calló enseguida. Sus ojos parecían estar buscando una ruta de escape en el pasillo. ¿Sería mi imaginación? ¿Me habría salido un grano gigante en la frente en tiempo récord?

—Me acabo de acordar de algo —dijo—. Tengo que irme. Tu salón está al final del pasillo.

La puerta estaba a sólo unos pasos de distancia y la encontré sin problemas.

Mientras entraba al salón, escuché una voz del otro lado del pasillo.

—¡Miren, una nueva *edes*!

Volteé a ver hacia ese lado. Brad y sus amigos me estaban mirando con desprecio.

Me zambullí en el salón como si se tratara de un refugio de emergencia. Entonces miré a mi alrededor. No podía ser el lugar correcto. Parecía más una guardería que un salón de secundaria. Había dos tableros de noticias cubiertos con hojas de colores brillantes, casi como si fueran a tener una exposición de las más recientes pinturas hechas con los dedos, y aparte había un alfabeto colgado en lo alto de una pared.

Sentados ante una larga mesa rectangular había cuatro chicos: dos chicas de un lado y dos chicos del otro. Uno de los chicos estaba meciéndose ligeramente para adelante y para atrás y dando golpecitos en la mesa. Su cabello rubio le caía sobre la frente y se le metía a los ojos cada vez que se balanceaba hacia adelante. No levantó la mirada. El otro chico tenía la piel oscura y penetrantes ojos negros. Me estaba mirando como si yo acabara de matar a su mejor amigo. Casi me pongo a temblar.

Cerré los ojos. Por favor, por favor, por favor que me haya equivocado de salón. Volteé hacia la puerta abierta. El número era definitivamente el 112. Miré a las dos chicas de mi lado de la mesa. La primera tenía el aspecto de haberse vestido con el sofá de su abuela, así que escogí una silla junto a la más bonita.

—¿Qué es un edes? —le pregunté, ignorando la mirada fija del Psicópata.

Ella puso los ojos en blanco.

—Un alumno de educación especial —dijo, dándome una vista completa de su goma de mascar—. Bienvenida a la Secundaria Dogshit o, en otras palabras, Caca de Perro. Puedes ignorar a ese chico, Jaz. Es brillante, ni siquiera debería estar aquí, pero tiene algo así como problemas muy serios de control de la ira.

Di un salto en mi silla cuando Jaz (el Psicópata) echó su silla hacia atrás con un rechinido y empezó a mirarla a ella con furia. La chica de la goma de mascar ni se inmutó.

Extendió la mano para que yo se la estrechara. Estaba toda adornada con picudos anillos de plata de diseños góticos.

—Me llamo Amanda. ¿Qué cerebro de chorlito te llamó edes?

—Un tipo que se llama Brad.

—¿Se ve como si acabara de aterrizar en su jet desde Hollywood? —me preguntó y asentí—. Bueno, no te compliques por eso. No es como que él vaya a estudiar en Harvard. Es el vendedor más importante de la escuela.

—¿Drogas? —pregunté, tratando de no parecer muy impactada. Parecía más un negociante de arte que un vendedor de drogas.

Amanda me guiñó un ojo.

—No es lo peor del mundo. Si me invitara a salir, yo no saldría corriendo. No me puedes culpar por eso, ¿verdad?

No tuve tiempo de contestar, porque la maestra entró al salón como un avión. Tenía el cabello fuera de control, volando hacia todas partes, y vestía una falda larga y un collar de cuero café con un cristal en la punta.

—Es como volver a la época de los *hippies* —dijo Amanda en susurros.

La maestra también llevaba puesto un chaleco que parecía de Niña Exploradora y que le quedaba chico. Estaba cubierto de esos pequeños emblemas que dan por hacer galletas o por prender fogatas. En realidad no sé nada de eso, porque dejé a las Brownies luego de sólo tres semanas. No pude soportar a todas esas niñitas juntas cantando sobre búhos.

—Soy la Srta. Samuels —dijo la maestra. Cuando sonrió se le arrugaron las comisuras de los ojos y pareció como si no quisiera estar con nadie más en todo el mundo—. Vamos a pasar mucho tiempo juntos, así que deberíamos conocernos. ¿Qué les parece si nos decimos nuestros nombres y nuestros pasatiempos favoritos?

Amanda hizo un ruido de arcadas.

—¿Por qué no empiezas tú, querida? —dijo la Srta. Samuels, menos sonriente.

Amanda se aclaró la garganta y cruzó las manos sobre la mesa como si fuera una alumna modelo.

—Me llamo Amanda. Me gustan los atardeceres, las largas caminatas por la playa y los gatitos —dijo con una exagerada sonrisa.

La Srta. Samuels asintió como si Amanda hablara en serio.

—¿Quién sigue? —dijo, volteando a verme.

—Caz. Me gusta... —dije, pero de repente se me puso la mente en blanco— ir de compras —tartamudeé al fin.

Cuando le llegó el turno a Jaz, estoy casi segura de que murmuró "vete al diablo". La Srta. Samuels hizo como que no lo había oído.

—¿Rob? —dijo. Al parecer estaba hablando con el chico que se mecía, pero él no contestó.

—Es de esa gente que llaman "no verbal" —me susurró Amanda—. Es tan platicador como la esfinge.

La Srta. Samuels se dirigió finalmente a la tercera chica, la que estaba vestida con tapicería, que habló con voz tan queda que apenas pude oírla.

—Me llamo Dodie y me gusta la costura.

Amanda hizo ruido de arcadas de nuevo.

—Muy bien —dijo la Srta. Samuels, ignorando a Amanda—. Bueno, seguramente se están preguntando por qué traigo este chaleco. A algunos de ustedes se les dificulta la ortografía y vamos a empezar el año repasando las reglas. Vamos a empezar con el sonido del grupo consonántico "bl", como en la palabra emblema.

Miré a Amanda, que parecía haber caído en coma, y la entendí completamente. Un año de ortografía sonaba como una muerte por tortura lenta. ¿Y qué creía la Srta. Samuels?, ¿que estábamos en preprimaria? Mientras la maestra extendía un póster de una boca con un globo de diálogo como si hablara (otro sonido bl), me hundí en mi silla y pateé a Amanda bajo la mesa. Cuando volteó a verme, le mostré la primera página de mi cuaderno.

Había escrito: Hora de saltar por un acantilado.

Capítulo cuatro

Mi trabajo con la Srta. Samuels iba a contar como Español para el primer semestre. El resto del día se dividía en tres. Tuve Historia con el maestro más viejo conocido por el hombre, que daba clase aferrándose a un podio frente al grupo y parecía como si se fuera a derrumbar si llegaba a soltarse.

Después hubo Matemáticas e hice lo posible por pasarla dormida, y al final hubo Arte. El maestro de Arte también era viejo, pero parecía menos posible que estirara la pata en el futuro próximo.

—¿Y usted quién es, jovencita? —me preguntó cuando me senté. Se sacó unos anticuados anteojos para verme más de cerca.

—Caz Hallard —respondí, sacando el cuaderno de dibujo de mi bolsa.

—Ah... Virgo, obviamente —dijo.

El resto del grupo lanzó unas risitas, pero yo lo miré con sorpresa. No parecía del tipo de gente que se interesa por la astrología. Y tenía razón: mi cumpleaños es en septiembre.

—Buenas personas, los Virgo —reflexionó mientras volvía al frente de la clase—. Y muy organizadas.

Miré con suspicacia mi cuaderno de dibujo, por si le había dado alguna pista. Entonces el Sr. Anteojos comenzó a dibujar en el pizarrón. Con unos pocos trazos delineó un método para darle perspectiva a una imagen. La cerca de un corral desaparecía poco a poco al fondo de unos sembradíos que había detrás.

Inclinando la cabeza, copié rápidamente el ejemplo en mi cuaderno. Tal vez el tipo era raro, pero al menos sabía dibujar.

Amanda se me acercó cuando estaba en mi casillero después de clases.

—Así que… ir de compras —dijo, haciendo un chasquido con su goma de mascar. Esperé que no fuera la misma que había estado masticando esa mañana.

—¿Qué?

—Ir de compras. Dijiste que era lo tuyo.

—Supongo. No se me ocurrió ninguna otra cosa que decir.

—¿Quieres ir al centro comercial? —me preguntó.

En realidad no tenía ganas de ir. Quería ir corriendo a casa, llamar a Mel y lloriquear sobre lo infernal que era mi nueva escuela (excepto por la clase de Arte). Pero no le quise decir que no a Amanda, la única persona que había conversado conmigo en todo el día.

—Claro. Eso suena genial.

El centro comercial estaba a sólo un par de cuadras. Estaba atiborrado de ropa de invierno, a pesar de que apenas era la primera semana de septiembre. Paseamos sin rumbo por una de las tiendas departamentales.

—Oye, mira esto —dijo Amanda, mostrándome una falda púrpura de cachemira muy plisada—. Como hecha para ti. En serio.

Se veía como algo que podría usar mi tía abuela. Miré a Amanda con cara risueña.

—No, más bien estaba pensando en probarme esto —le dije, tomando una espantosa blusa de lentejuelas.

Justo entonces apareció una vendedora, de esas muy altaneras que piensan que la tienda es suya.

—¿Tal vez están buscando la sección juvenil del segundo piso? —dijo, apretando los labios hasta formar un remilgado arco rojo.

Las dos dejamos las prendas en los ganchos más cercanos. Yo estaba lista para irme volando, pero Amanda miró a la mujer y batió unas pestañas cubiertas de rímel.

—Iba a comprar esa falda para el cumpleaños de mi mamá. Pero entonces vi la percha que tiene usted en el culo y cambié de idea —dijo. Me tomó del codo y salimos elegantemente hacia la puerta. Yo me volteé hacia la mujer.

—¡Tiene lápiz labial en los dientes! —le dije.

Fuera de la tienda, ya en la plaza, nos derrumbamos en una banca muertas de risa.

—¿De verdad tenía los dientes sucios? —preguntó Amanda cuando se lo permitieron las carcajadas.

—No, pero quería decir algo feo y no se me ocurrió otra cosa.

Eso le provocó otro ataque de risa.

—Tienes razón —dijo.

—¿De qué?

—Ir de compras no está mal. Y tengo otra idea. ¿Ves esa tienda de a dólar?

Asentí.

—¿Crees que puedes distraer a la gente cuando estemos adentro?

—¿Distraerla cómo? —pregunté y la cara se me puso roja sólo de pensarlo.

—No sé. Quéjate de algo que compraste la semana pasada.

—¿Qué vas a hacer?

Amanda sólo me contestó con una sonrisa. Sin esperar a que yo aceptara, entró a la tienda con aire informal y empezó a ver los artículos.

La seguí, reacia. ¿De qué me podía quejar? Sobre todo porque era una tienda de a dólar. El vendedor me diría que me callara y que gastara otro dólar en una cosa nueva.

Cuando entré, el vendedor estaba ocupado de todas formas. Había dos mujeres rechonchas en la caja, haciendo que sumara su compra por segunda vez.

—Esos rollos de papel para regalo estaban rebajados —le decía una de ellas al vendedor.

Escuché un quedo silbido desde un pasillo.

—Apúrate —me susurró Amanda.

Mirando como loca a mi alrededor, vi una pila de rayadores de queso cerca del borde de un estante. Le di un codazo y todos cayeron al suelo con estruendo. Las mujeres y el vendedor dejaron de hablar y voltearon a verme.

—Lo siento muchísimo —tartamudeé—. Simplemente se cayeron. Yo los acomodo...

Los tres siguieron mirándome sin decir nada hasta que reacomodé los rayadores. No vi a Amanda por ningún lado, así que me escapé por la puerta.

La vi a unas tres tiendas de distancia, entreteniéndose frente al aparador de una zapatería. "Vamos", me dijo con una seña.

Me condujo hacia afuera. Cuando llegamos al centro del estacionamiento, metió la mano en el bolsillo de su abrigo y sacó cuatro chocolates.

—Toma, tu mitad del botín —me dijo con una sonrisa y me dio dos.

—¿Los robaste?

—Los robamos —me dijo, muy contenta.

Miré hacia atrás, como si pudiera haber un equipo de guardias de seguridad tras nuestras huellas.

—Sólo son chocolates. Relájate —me dijo Amanda.

Asentí y me los metí en el bolsillo. ¿Quién iba a extrañar unos pocos chocolates? Ni que la tienda fuera a quebrar por eso.

Capítulo cinco

Cuando llegué a casa, escuché el alboroto que hacía mamá arriba, abriendo y cerrando cajones. Mi papá me llamó a la sala, donde ya se encontraba mi hermano menor. Ted iba en noveno grado y era muy bueno en todo lo que tuviera que ver con multimedia. Tenía en las manos el control de su videojuego, pero la tele estaba apagada.

Se veía receloso, como si papá estuviera a punto de mandarlo a un internado en Siberia.

—¿Qué tal? —pregunté, pasando sobre el brazo del sillón para terminar sentada con las piernas cruzadas junto a Ted. Por regla general, evitaba sentarme en el sillón. Era una especie de protesta silenciosa. Antes teníamos un gran sofá color chocolate que era como una fosa de lodo de terciopelo, a la espera de engullirte. Viejo y feo, pero increíblemente cómodo. Entonces mamá empezó a leer revistas de decoración de interiores y compró este sillón "lomo de camello". Le dicen así porque tiene como una joroba en el respaldo. También es tan cómodo como ir sentado en un camello.

Así que casi siempre evitaba el sofá. Pero en ese momento mi protesta era menos importante que sentarme junto a Ted: él odiaba que me sentara demasiado cerca. Por raro que parezca, no se quejó.

Papá respiró hondo.

—Su madre y yo hemos tenido algunos problemas últimamente —dijo.

—Y el Óscar por quedarse corto es para... —dije dramáticamente. Nadie se rio. Ted se dedicó a analizar el control de su videojuego.

—Vamos a tratar de vivir separados por un tiempo —continuó papá.

Esta vez me le quedé mirando en silencio.

—Tal vez ya se lo esperaban —reflexionó.

De repente mi cerebro entró otra vez en acción.

—¡Momento! ¿De quién hablas? ¿Quiénes son los que van a vivir separados? —pregunté. Ted se quedó en silencio.

—Su mamá ha rentado un apartamento en el centro. Tiene una

habitación extra, así que pueden quedarse con ella cuando quieran, pero yo espero que sigan viviendo aquí, conmigo.

¡Toing! Ted lanzó su control sobre la superficie de vidrio de la mesita de centro, que vibró con el impacto. Sacó el cable de su camino con una patada y salió de la sala arrastrando los pies y subiéndose los pantalones. Papá esperó hasta que se hubiera ido, volteó a verme y suspiró.

—Esto no tiene nada que ver con ustedes —dijo.

—Pues eso es obvio, pues lo han decidido todo sin decirnos ni una palabra.

—Pensamos que si teníamos un plan listo, la transición sería más suave para ustedes.

Sonaba completamente tranquilo, como si la transición de la que hablaba fuera pasar de una marca de salchichas para desayunar a otra.

—Los dos apestan.

No fue el comentario más impresionante del mundo, pero fue lo mejor que pude hacer con tan poco tiempo para preparar mi respuesta.

—Mel te llamó ayer y hoy —dijo, todavía calmado—. Deberías llamarla.

—Lo que sea —dije y seguí a Ted.

Podía oír que mamá seguía haciendo ruido en el segundo piso. Cuando asomé la cabeza por la puerta del cuarto, fue como si me sumergiera en una zona de desastre. El armario era sin duda lo que había recibido el peor golpe: las perchas se balanceaban vacías, había ropa medio salida de los estantes y calcetines desperdigados por todo el suelo. La cama estaba cubierta de maletas.

Di un paso adentro y mamá me vio al fin. No sé qué es lo que yo pensaba que iba a ocurrir. Esperar que mamá se disculpe es como esperar a que se derrita el casquete polar: científicamente es posible, pero no es probable que pase en un futuro cercano. Hace un par de meses, tiñó de un color rosa brillante una carga entera de mi ropa blanca y lo único que hizo fue encogerse de hombros y decir: "Este... mala suerte. De todas formas ya estás en edad de lavar tu propia ropa".

Esta vez, sólo volteó a verme y sus manos siguieron en lo que estaban.

—¿Ya habló tu papá con ustedes?

Asentí. Supongo que yo parecía enojada, porque su mandíbula se puso dura como cuando se niega a retrasar mi toque de queda.

—No es el fin del mundo. Simplemente van a tener que adaptarse.

—Lo que sea —dije y me encogí de hombros.

—Tráeme algunos periódicos de la papelera de reciclaje de abajo, ¿sí? Necesito más papel para embalar.

Cuando me di la vuelta para irme, mis ojos pasaron por la cómoda: un manojo de llaves, pinturas de labios, mentas y un billete de cincuenta dólares. Sin voltear a ver a mamá, tomé rápidamente el billete y me lo metí al bolsillo. No sé por qué. No era cosa de todos los días que les robara dinero a mis padres. Esta vez sentí como si ella me debiera algo.

Sin ninguna intención de llevarle periódicos a mamá, me fui al cuarto de Ted. Como no respondió cuando toqué a la puerta, la abrí lentamente. Estaba sentado en el borde de la cama, botando una pelota de basquetbol contra la pared. Tenía puestos los auriculares, con la música tan alta que yo podía oír una versión en sordina desde la puerta. Caminé hasta él y le di un capirotazo en una oreja. Dio un salto.

—¿Qué quieres? —refunfuñó, bajando el volumen sólo un poco.

—Ver si estás bien.

—Perfectamente —dijo.

—Pensé que tal vez querrías hablar.

—¿Sabías que, en los Olímpicos de Sydney, Vince Carter lanzó la pelota por encima de la cabeza de un tipo que medía más de siete pies y encestó?

—Eso es muy emocionante —dije. Mi retorcido cerebro no podía recordar cómo deletrear, pero Ted recordaba años enteros de jugadas de basquetbol. La genética era totalmente injusta—. Estás cambiando el tema.

—No estábamos hablando de ningún tema.

Bienvenidos al mundo de los hermanos menores. Son un completo fastidio. De repente me acordé de los chocolates que tenía en el bolsillo. Saqué uno y lo lancé a la cama junto a él.

—¿De dónde salió esto? —me preguntó.

—Lo robé —dije, tratando de no sonar demasiado satisfecha conmigo misma.

—Claro que no.

—Que sí.

—Pues entonces no lo quiero.

Me lo tiró de regreso y yo dejé que cayera al piso mientras me iba. Ted siguió botando la pelota contra la pared. Vi un destello del futuro: uno de los chicos Hallard se convierte en un famoso presentador de deportes de televisión. La otra termina analfabeta, desempleada y enorme por comer demasiados chocolates robados.

Capítulo seis

En la clase de la Srta. Samuels avanzamos hasta el grupo consonántico "mb".

El salón estaba empezando a mostrar señales de nuestra existencia. Los emblemas estaban pegados en una pared, alrededor del póster de la boca. Un par de días antes, la maestra había colgado del techo algunas estrellas para celebrar la "ll". Incluso había pegado el loco dibujo de una mujer en ropa interior que había hecho Amanda para representar la "br" de "bragas".

También estábamos aprendiendo reglas ortográficas que se aplicaban a toda clase de palabras. De hecho me encantaba cuando podía recordar las reglas. Por ejemplo, que antes de la "b" y la "p" siempre va "m". Había un truco para ayudar a recordar eso: "Hombre de ambición y combate será siempre un campeón".

Cuando llegué a clase, Rob y Dodie eran los únicos que estaban ahí. Dodie estaba sentada frente a su *collage* (la tarea más reciente para la categoría "mb"). Pude ver que se había equivocado: había puesto una imagen nevada de invierno, como si se escribiera "imbierno". Claro, debía ser difícil pensar al estar vestida con ropa tan espantosa.

—Bonito suéter.

—Gracias —susurró, sin dejar de mirar la mesa.

—¿Te compras tu propia ropa?

Sacudió la cabeza.

Empecé a sugerirle que pidiera mesada, pero Amanda entró de repente.

—Caz Amenaza y Dodie la Boba, las dos lucen genial esta mañana —gorjeó, exagerando el sonido de la "g" de "genial".

—Mi apellido es Hallard —le dije.

—Me gusta más Amenaza —dijo—, como en "eres una amenaza".

En ese momento vio el *collage* de Dodie sobre la mesa.

—¿De verdad hiciste esa tarea de porquería? Nunca había oído nada tan estúpido. En serio que esa mujer cree que estamos en el jardín de niños.

—No, esa mujer no cree eso —dijo la Srta. Samuels detrás de Amanda, mientras entraba al salón y cerraba la puerta.

Amanda ni siquiera se sobresaltó. Sonrió muy satisfecha.

Un segundo después fue la Srta. Samuels la que se sobresaltó, cuando la puerta se abrió de golpe. Jaz la cerró con fuerza detrás de él y se dejó caer en una silla. Sacó un pedazo de papel enrollado del bolsillo interior de su chaqueta y lo extendió sobre la mesa. Hasta donde pude ver, lo único que había pegado en la hoja era una enorme foto de un pavo. No pude reprimir una sonrisa.

A mí como que me había gustado hacer el *collage*. Mi mamá había decidido recoger algunas cosas más para su nuevo apartamento la noche anterior, así que recortar revistas había sido un buen escape del ruido de los muebles. Puse una mujer embarazada (la pobre modelo de la revista ni vio venir la tijera), agregué imágenes de un tambor y unas varas de bambú y corté un pedacito diminuto de la alfombrita de mimbre de la sala.

La Srta. Samuels tomó el *collage* de Dodie de la mesa.

—Buen trabajo, Dodie —dijo con una sonrisa—. Me gusta cómo usaste el color.

Puse los ojos en blanco. Era obvio que a la Srta. Samuels no se le había ocurrido ninguna otra cosa agradable para decir.

—¿Caz? ¿Terminaste tu *collage*?

Mientras ella hablaba, Amanda volteó a verme. Sus cejas levantadas decían: "No me dejes sola".

Negué con la cabeza.

—No lo terminé —dije.

La Srta. Samuels pareció decepcionada por un momento.

—Tal vez puedas traerlo mañana —dijo. Después se volteó hacia el pizarrón y comenzó la clase.

A mediodía, cuando terminó la clase, me aseguré de que tanto Amanda como

Jaz salieran antes que yo. Después dejé mi *collage* bocabajo sobre la mesa. No es lo mismo que entregarlo en persona.

Terminé temprano mi almuerzo y me dirigí a mi casillero, pensando en tomar mi cuaderno de dibujo y darle algunos toques finales a mi trabajo antes de la clase.

Afuera estaba lloviendo a cántaros. Los pasillos estaban tan atiborrados que tuve que abrirme camino a codazos. Cuando por fin llegué cerca de mi casillero, me encontré con el vendedor de drogas Brad y con algunos de sus amigos. Traté de pasar a un lado y de que no me vieran, pero no tuve suerte.

—Alerta de edes —escuché que decía uno de ellos.

—Ah, eres Caz, ¿verdad?

Alcé la mirada, sorprendida de que Brad me estuviera hablando.

—¿Te gustaría salir conmigo alguna vez?

Ni de casualidad iba a decir que sí. Ni siquiera si el universo estuviera a punto de terminar y Brad y yo fuéramos la única esperanza para la supervivencia de nuestra especie. Pero cuando un chico como Brad te invita de repente a salir, te quedas boquiabierta. Entonces, el grupo entero empezó a reírse a carcajadas.

—¡Salir con una edes! ¡Muy bueno, Brad!

Todos le dieron unos golpecitos en el hombro como si fuera un comediante al final de su espectáculo. Sintiendo que mi cara se ponía cada vez más roja, retrocedí entre la multitud y me dirigí al baño de chicas.

Amanda me vio justo frente al baño. Me enjugué las lágrimas antes de que cayeran, sin ganas de explicar lo que había pasado, pero de todas formas no se dio cuenta y me arrastró al baño con ella mientras sonaba la campana.

—Oye, Amenaza, ven a pasar el rato —me susurró—. No puedo ni pensar en ir hoy a mate. Si ese tipo me obliga a hacer proporciones una vez más, me voy a empapar de gasolina y voy a prender un fósforo. En serio. Me voy a envolver en papel aluminio y me voy a meter a un congelador. Me voy a tomar...

—Okey, okey, ya entendí —la detuve, riendo—. Yo tampoco estoy de humor para clases.

Nos sentamos en los dos extremos del amplio lavabo. Amanda se sacó un calcetín y balanceó el pie al borde de la pileta, mientras buscaba esmalte de uñas en su bolsa.

—¿Qué hacen cuando te vas de pinta? —le pregunté.

—¿Quiénes?

—La escuela. ¿Mandan una nota a tu casa o algo así?

Amanda se encogió de hombros.

—Si mandan notas por mis pintas, seguro que las mandan a la dirección equivocada. Ya cambié dos veces de casa de acogida este verano.

—¿Estás en una casa de acogida?

—No te sorprendas tanto. No soy la única. También Dodie la Boba.

Abrí los ojos como platos.

—¿Y ella por qué?

—Su mamá está loca o algo así. ¿No lo están todas?

Al pensar en la actitud de mi madre en los últimos tiempos, casi estuve de acuerdo con ella.

Amanda empezó a contarme historias de su nueva hermana de acogida, que se la pasaba escapándose de la casa a medianoche. Después de un rato, me puse a pensar en otra cosa. Empecé a escribir en el espejo con un dedo, mirando cómo aparecían y desaparecían las líneas.

De pinta, escribí. Y después, *Caz AMENAZA*. Cuando volteé a ver a Amanda, estaba pintándose los labios y luego se untó un poco de brillo.

—¿Quieres un poco? —me dijo y me pasó el lápiz labial.

Lo abrí y volví a mirar el espejo. *Dodie la Boba*, escribí en grandes letras rosas. Parecía muy infantil. Después de un minuto, agregué, *se pone en cuatro patas*. No era menos inmaduro, lo admito, pero pensé que la Srta. Samuels estaría orgullosa de mi uso de las consonantes.

—Ejecutado con verdaderas dotes creativas —dijo Amanda con una gran sonrisa. Se bajó del mostrador e hizo una elaborada reverencia—. Ahora andando, estas muñecas se cambian de aparador.

Caminamos sin hacer ruido por los pasillos desiertos, pasamos junto a los fumadores de marihuana que tonteaban a un lado de la escuela y nos dirigimos otra vez al centro comercial. El viento arreciaba y atravesaba mi suéter, me enfriaba la piel y hacía que el cabello me golpeara la cara. De repente me sentí libre de preocupaciones, como si lo peor ya hubiera pasado. Ya estaba de pinta. Ya había escrito algo desagradable en el espejo. ¿Qué otra cosa podría hacer para meterme en líos?

Cuando llegamos a una tienda de accesorios, le di un codazo a Amanda.

—Esta vez tú te ocupas de la distracción —le dije. Entré a la tienda y empecé a probarme bufandas, mirándome en el espejo con cada una.

Escuché que Amanda lanzaba un grito.

—¡Ay! Tiene que ayudarme —se quejó con la vendedora—. Me probé este anillo y ahora no sale.

Con un rápido movimiento, arranqué las etiquetas de una sedosa bufanda roja y me la metí debajo del suéter.

Después pasé caminando junto a Amanda y la vendedora, mirándolas como si tuviera un poco de curiosidad. Amanda ahora tenía aceite en el dedo y el anillo estaba deslizándose lentamente.

Nos encontramos afuera, como la otra vez.

Me recorría una gran euforia.

—No puedo creer que haya hecho eso —chillé. Estábamos felicitándonos juntando nuestros puños cuando un hombre se paró detrás de nosotras.

—Disculpen, señoritas —dijo. Me di la vuelta sólo lo suficiente como para ver un poco de barriga, un cinturón de cuero negro y una camisa azul. Sin esperar a oír nada más, sin siquiera mirarnos, Amanda y yo empezamos a correr.

—¡Oigan! ¡Alto! ¡Regresen las dos…!

Su estruendosa voz hizo eco en el pasillo medio vacío. No nos detuvimos. No paramos sino hasta que estuvimos a dos cuadras de distancia. Entonces nos derrumbamos en la banca de una parada de autobús.

—¿Era un guardia de seguridad? —pregunté casi sin aliento.

—No lo sé. Creo que llevaba un radio —dijo Amanda.

—Tal vez sólo era un tipo cualquiera que quería saber la hora.

—No lo creo.

—Pero no nos persiguió —dije.

Amanda empezó a reírse.

—Puede ser que haya tenido un infarto. Yo apenas podía seguirte el paso. ¿Eras corredora de velocidad en otra vida o algo así?

Mientras recuperaba el aliento y empezaba a relajarme, me acordé de la bufanda que había metido debajo del suéter. La saqué lentamente, como un mago sacando pañuelos de su manga. Parecía aún más brillante a la luz del sol. Le quedaría genial a Mel, pero no la había visto mucho desde mi cambio de escuela. Entonces recordé la reacción de Ted frente al chocolate y decidí no ofrecerle la bufanda a Mel.

—Es preciosa —exclamó Amanda.

Me encogí de hombros.

—El rojo se me ve terrible. Pero a ti tal vez te quede bien.

La envolví muy suelta alrededor de su cuello.

—¿Te parece que valió la pena? —le pregunté.

Sonrió. Una sonrisa verdadera, no su sonrisa burlona de siempre.

—Sin duda.

Capítulo siete

Llegué tarde a casa y me encontré a Ted sentado en el piso de la cocina, comiendo cereal a puñados directamente de la caja. Una capa de cereal pulverizado le cubría la amplia camiseta. No era precisamente una maravilla de la moda.

En realidad, era más listo de lo que parecía. En los últimos tiempos me había estado revisando las tareas.

Por consejo de la Srta. Samuels, yo le había pedido que encerrara mis errores con un lápiz, sin corregirlos. Después yo hacía sola las correcciones y borraba sus marcas. Para ser un chico de noveno grado, tenía bastante buena ortografía.

Desde su lugar en el suelo, me hizo un gesto para que me quedara en silencio y señaló la entrada de ventilación que había sobre él. Podíamos oír las voces que venían desde la habitación del segundo piso. Me senté junto a él y tomé un puñado de cereal.

—Eso es estupidez pura —llegó el grito amortiguado de mi madre.

—Es sólo lo que supuse —dijo papá.

Así es como peleaban mamá y papá. Mamá gritaba y papá contestaba con su voz de *yo soy mucho más razonable que tú*, una voz que obviamente enfurecía mucho más a mamá.

—Bueno, pues puedes desimaginarlo. Eres un zopenco sin motivación.

Apenas puedes pagar su comida, así que mejor ni hablemos de su educación. No puedo creer que hayas siquiera considerado...

—¿De qué están hablando? —le susurré a Ted.

—De nosotros.

—¿Cómo?

—Están hablando de con quién vamos a vivir —musitó.

—¡Creí que nos íbamos a quedar aquí! —exclamé, olvidando los susurros por un momento.

Ted se puso un dedo sobre los labios.

—Yo también. Todos creímos eso, excepto mamá, al parecer. Dice que tiene un cuarto extra en su apartamento para nosotros.

—Ni de casualidad voy a compartir un cuarto contigo —le dije.

—Ni creas que yo quiero tu pútrido perfume en mi cuarto —dijo—, pero nadie nos está preguntando.

—Eso lo vamos a ver.

Lo dejé metiéndose un puñado de cereal en la boca y subí las escaleras pisando con fuerza. Traté de hacer mucho ruido para que se dieran cuenta de que alguien se acercaba, pero aun así cuando llegué al pasillo todavía podía oír sus gritos. Abrí la puerta de su cuarto sin tocar.

—¿Cómo le llamas a tener el mismo empleo por diez años? —gritó mi mamá—. Esa bodega te va a matar un día de estos.

—¿Hola? ¿Tierra llamando a padres extraterrestres? Pensé que ya que están involucrando a todo el vecindario en esta pelea, les gustaría consultar a sus hijos.

Casi ni voltearon a verme.

—Ve a tu cuarto —dijo mamá.

—Ted y yo no vamos a mudarnos.

Esta vez mamá dio un paso hacia mí.

—Ocúpate de tus propios asuntos —dijo.

—Eso no tiene ningún sentido. ¿Cómo puedes decir que no es asunto mío?

Noté que estaba apretando los dientes. Por un momento pensé que iba a gritarme. En lugar de eso, habló con voz baja y amenazante.

—Vete a tu cuarto, cierra la puerta y quédate ahí hasta que alguien te pregunte tu opinión. Cosa que probablemente no pase.

Me fui golpeando la puerta detrás de mí. Después me fui a mi cuarto y golpeé esa puerta también.

—Perra —dije en voz alta en el cuarto vacío.

No estaba segura de con quién estaba más enojada: con mi mamá, por ser tan mala, o con mi papá porque no me había defendido. Si él no fuera semejante debilucho, tal vez no estaríamos metidos en este lío.

Mamá y papá tenían exactamente la misma pelea más o menos dos veces al año desde que yo tenía memoria. Tal vez desde antes de que yo naciera. Mi papá llevaba veinte años en el área de envíos y recibos. Le gustaba. Decía que lo hacía bien.

La pelea iba así: mamá encontraba el anuncio de otro empleo en un periódico y lo recortaba para papá. Papá lo ignoraba. Mamá le decía que se presentara. Papá no lo hacía. Mamá decía que él no tenía interés en mantener a su familia. Papá decía que la mantenía perfectamente y que no se preocupara tanto.

La idea que tenía mamá de mantener a una familia y la que tenía papá eran muy diferentes, tal vez a causa de todas esas revistas de decoración de interiores que leía mamá. Supongo que mamá había dejado de confiar en papá hacía un par de años. Obtuvo la licencia para venta de bienes raíces y comenzó a vender casas. Y era muy buena en eso. Mejor que para planchar y hacer almuerzos. Nunca fue precisamente una mamá Betty Crocker.

Alguien tocó suavemente a mi puerta y Ted asomó la cabeza en mi cuarto.

—Buen trabajo —dijo en voz baja.

—Ajá. Muchas gracias.

—Así que... ¿supongo que nos mudamos?

—Como papá no ha ganado ni una batalla en su vida, ¿qué te imaginas que va a pasar?

En la mañana me desperté desesperada por ver a Mel... a alguien que me conociera tan bien, que yo me pudiera relajar por completo. De repente, todas las razones por las que no la había llamado me parecieron triviales. Ni que me fuera a interrogar sobre mis clases nuevas. No tenía que hablarle de la Srta. Samuels ni de las clases de lectura de recuperación. A menos que quisiera hacerlo.

La llamé antes de salir de la casa y ella estuvo de acuerdo en vernos para tomar un café después de la escuela. Claro que todo salió mal desde el principio: no pude parar en mi casillero sin toparme con Amanda, y no pude toparme con Amanda sin invitarla a ir con nosotras.

Sabía que no se iban a caer bien. Apenas las presenté, me di cuenta de que Mel observaba el delineador negro de Amanda y sus enormes aretes. Contuve la respiración, esperando que Amanda hiciera algún comentario malicioso sobre los pantalones de mezclilla de marca de Mel. Pero no dijo nada, sólo nos acompañó en silencio hasta que llegamos a la puerta de la cafetería.

—Tomar un café es muy aburrido —dijo entonces—. Hay lugares más interesantes. Vamos.

Antes de que Mel pudiera protestar, Amanda nos llevó hasta un callejón.

Estaba a punto de preguntarle adónde íbamos cuando Amanda entró a un negocio. Un cartel muy colorido pintado a mano decía "Salón de tatuajes de Tally".

—No puede ser en serio —dijo Mel, deteniéndose en seco.

La miré con una gran sonrisa.

—Ya que estamos aquí, podemos ver. No van a obligarnos a hacernos un tatuaje ni nada por el estilo.

En el interior, un tipo enorme con los brazos cubiertos de tatuajes y el cabello pintado de púrpura se apoyó en el mostrador. Me imaginé que era Tally.

—¿Otra vez vienes a ver opciones? —le preguntó a Amanda.

Ignorándolo, Amanda nos hizo una seña para que nos acercáramos a ver los diseños de muestra que había en la pared.

—Este es el que me voy a hacer. Va a tomar tres visitas: una para hacer el contorno en negro, otra para las escamas púrpuras y otra para el naranja. Va a ir desde mi hombro hasta justo debajo de la cintura.

Señaló un dragón alado con estilizadas llamas negras que salían de sus fauces.

—Precioso —fue todo lo que dijo Mel.

—Necesito casi trescientos dólares sólo para empezar —se lamentó Amanda.

Sonriendo, le ofrecí el billete de cincuenta dólares que aún estaba en mi cartera.

—¿De dónde sacaste eso? —dijo con la boca muy abierta.

—Cortesía de la cómoda de mi mamá. Que en realidad ya no es su cómoda, porque se va a mudar.

Ahora fue el turno de Mel de quedarse boquiabierta.

—¿Tu mamá se va a mudar?

Me di cuenta de que estaba enojada de que no se lo hubiera dicho. Por suerte me salvó Tally, el hombre de los tatuajes, que se inclinó aún más sobre el mostrador.

—Cincuenta dólares te alcanzan para una bonita argolla en el ombligo —dijo, levantando una ceja adornada con una para hacer énfasis.

—¡Ja! —dijo Mel, como si fuera la idea más ridícula del mundo.

Eso es lo que me llevó a hacerlo, creo. Diez minutos después, estaba acostada en una cama alta, con la camiseta un poco levantada y la cintura de mis pantalones hacia abajo. El hombre de los tatuajes me pasó alcohol por el ombligo, lo pellizcó unas pocas veces y después levantó lo que parecía una aguja de coser gigante.

Tanto Amanda como Mel contuvieron el aliento. Yo cerré los ojos.

La aguja se sintió como si un carámbano me atravesara la piel, pero todo terminó sorprendentemente rápido.

En sólo cinco minutos estaba frente al mostrador, escuchando las instrucciones sobre cómo limpiarme con alcohol.

—No puedo creer que hayas hecho eso —dijeron Mel y Amanda a la vez cuando la puerta del salón de tatuajes se cerró con un buen golpe detrás de nosotras. Mel parecía completamente horrorizada. Amanda parecía impresionada. Pensé que disfrutaba las dos reacciones por igual.

Capítulo ocho

A la mañana siguiente, me desplomé en mi silla en la escuela. Podía pensar en un centenar de razones por las cuales la escuela debería empezar en la tarde. Amanda me vio bostezando y me imitó con exageración, mostrándome sus amígdalas y su goma de mascar habitual.

—Me quedé dormida, ¿okey? —me quejé. Además no había desayunado, sólo había comprado un jugo de naranja en la tienda de la esquina de camino a la escuela. No me estaba ayudando a mantenerme despierta.

De hecho, lo único que me mantenía despierta era el resplandor amarillo neón de la ropa de Dodie. Cuanto más la miraba, más me molestaba. Ya era bastante malo que toda la población de la escuela nos llamara edes. ¿Tenía ella que vestirse como una edes? ¿Tenía que sonreírme cada mañana como un cachorro, esperando que la mimara? ¿Tenía que entregar todas sus tareas a tiempo?

La ropa que llevaba ese día era la peor hasta ese momento. Su camisa amarilla fluorescente con cordón en la cintura iba acompañada de unos pantalones de pana verde que, como pasa siempre con la pana, hacían un horrible ruido de *sh sh sh* cada vez que se movía en su asiento. Se veía como un espectáculo de salón de los años setenta.

Lo peor de todo fue su rostro inexpresivo cuando llegó la Srta. Samuels y empezó a escribir listas de palabras en el pizarrón. Los ojos de Dodie parecían vacíos, como si estuviera viendo una película secreta en su cabeza. Era por ella que otros chicos como Amanda y yo teníamos tan mala reputación. Cuanto más pensaba en eso, más me daba cuenta de que Dodie era la peor parte de estar en ese grupo.

Tal vez Amanda estaba pensando lo mismo. Esperó a que la Srta. Samuels no estuviera mirando y le dio una patada a Dodie por debajo de la mesa. Dodie se sobresaltó pero no dijo nada. Un par de minutos después, Amanda la pateó de nuevo. Esta vez, Dodie alejó su silla de la mesa.

La Srta. Samuels se dio la vuelta.

—Dodie, acerca tu silla y copia estas palabras, por favor —le dijo.

Amanda se veía muy complacida y yo le sonreí.

Miré de nuevo la espantosa camisa amarilla de Dodie y después la caja medio vacía de jugo de naranja que había traído de desayuno. Cuando la Srta. Samuels se volteó de nuevo hacia el pizarrón, aplasté la caja de golpe y el jugo salió volando por encima de la mesa hasta el regazo de Dodie. Ella soltó un grito.

La Srta. Samuels se sobresaltó y rayó de tiza medio pizarrón.

—Lo siento mucho —dije, saltando en mi silla.

—¿Qué está pasando aquí?

—Un accidente —dije—. Voy corriendo por algunas toallas de papel.

En el pasillo vacío, me sentí completamente despierta por primera vez esa mañana. Era la misma sensación que había tenido en el centro comercial. Por un momento me sentí más lista que todos los demás: más que Dodie, la Srta. Samuels y los vendedores de las tiendas.

Esa sensación me duró todo el camino hasta que llegué al baño, donde agarré el rollo entero de toallas de papel. Cuando regresé al salón, Dodie se había ido.

—Se fue a casa a cambiar de ropa —dijo la Srta. Samuels, mirándome con un dejo de censura. ¿Sería por la interrupción de la clase o porque sabía que había derramado el jugo a propósito? —Limpia la mesa y siéntate, por favor. Vamos a tratar de concentrarnos.

Ni siquiera me dio las gracias por las toallas de papel.

En clase de Arte, el Sr. Anteojos se cernió sobre mí apenas llegué.

—La extrañamos ayer, Srta. Hallard —dijo en voz muy alta—. Se supone que los Virgo son puntuales. Responsables. E-xi-gen-tes —agregó, golpeando la mesa con su regla a cada sílaba—. ¿Me habré equivocado con usted? No será en realidad Acuario, ¿o sí?

Sacudí la cabeza y busqué mi cuaderno de dibujo en el bolso. Cuando saqué mi tarea, le brillaron los ojos.

—Oh, muy bien. Muy bien, Srta. Hallard.

Había dibujado la parte de atrás de la cabeza de Ted, grande y redonda en primer plano, con la canasta de basquetbol al fondo y la pelota en el aire, a medio camino entre los dos. Estaba satisfecha por cómo había quedado, aunque Ted había dicho que la próxima vez quería tener el número 34: Shaquille O'Neal.

El Sr. Anteojos no le dijo nada al resto del grupo. Se volteó hacia el pizarrón y escribió "Pendientes y declives" en la parte superior. Nuestra nueva tarea era hacer un paisaje que mostrara un camino con una bajada y una curva.

Después de Arte me sentía mejor, pero eso sólo duró hasta que Amanda me alcanzó en el pasillo.

—Mira nada más el equipo de los perdedores —dijo enseguida, mirando mis zapatos. Cierto, esa mañana me había puesto mis tenis más viejos, pero ¿qué había hecho para merecer que Amanda me empezara a criticar?

—¿Qué te pasa hoy? —le pregunté.

—¿Qué te pasa a ti? —me contestó en mal tono.

—Yo pregunté primero.

Lanzó un suspiro dramático, haciendo volar el cabello de su frente.

—Es sólo que estoy muy nerviosa. Mi mamá de acogida va a ver hoy al trabajador social que se ocupa de mi caso.

—¿Por qué?

—Alguna estupidez sobre que no estoy alcanzando todo mi potencial. Es como si ella pensara que en secreto soy un genio y se lo estoy ocultando.

—Pero es bueno, ¿no? ¿Que piense que eres inteligente?

—Lo que sea.

—¡Oye, Edes!

Al oír esa palabra, las dos miramos enseguida hacia el pasillo. Era uno de los amigos de Brad, pero no nos estaba hablando a nosotras. Iba caminando medio paso detrás de Jaz, casi pisándole los talones. Pude ver que Jaz apretaba los puños, pero no se dio la vuelta.

—¡Oye, Edes! —dijo de nuevo. Jaz no le respondió.

—Ese tipo debería tener cuidado —dijo Amanda en voz baja. Parecía divertida con la situación—. No tiene idea de lo que Jaz puede...

Cuando el Semental agarró a Jaz por la manga, el pasillo pareció entrar en una acción enloquecida. Jaz se dio la vuelta en un instante con el puño ya hacia atrás y le lanzó un golpe en plena cara. El Semental salió medio volando, tropezándose hacia atrás, hasta que nos embistió a Amanda y a mí. Nos lo sacamos de encima de un empujón y él cayó de rodillas. Parecía que estaba agarrándose la nariz.

—¿Qué está pasando? —se apareció una maestra de golpe, demasiado tarde, como siempre. Muy pronto Jaz, Amanda y yo éramos conducidos a la oficina del director. Nos dejamos caer en las sillas de plástico naranja junto a la recepción y la maestra desapareció en la oficina.

—Muy bien —le susurré a Jaz.

Por extraño que parezca, Amanda saltó en su defensa.

—¡Vamos! ¿Qué podía haber hecho? Lo ignoró al principio, pero ese tipo de verdad que se merecía una golpiza.

—Sí se lo merecía —admití. Por un segundo pensé que Jaz nos había sonreído. Pero no tuvimos tiempo para nada más, porque otra maestra trajo al Semental presionándose una gasa contra la nariz. Desaparecieron en la oficina y, un momento después, nos hicieron entrar a nosotros tres. Nos quedamos de pie alrededor del amplio escritorio de roble.

—Fue como si hubieran planeado una emboscada o algo así —decía el Semental, su voz un poco amortiguada por la gasa—. Yo iba caminando cuando este tipo se dio la vuelta y me atacó. Las otras dos estaban esperando detrás.

—¡Eso es una locura! —protestó Amanda.

El director la miró con ojos helados.

—Ya tendrán la oportunidad de hablar.

Pero no fue así. O al menos, cuando llegó nuestro turno de decir nuestra versión, parecía que el Semental ya había convencido a todo el mundo. Entonces Amanda y yo hablamos casi al mismo tiempo y Jaz no dijo nada. Sólo se quedó ahí, mirando con furia, como si estuviera a punto de "atacar" de nuevo en cualquier momento.

Nos mandaron de vuelta a las sillas naranjas a esperar. Más tarde llegó la madre de acogida de Amanda. Desaparecieron las dos en la oficina y después se fueron. Amanda me saludó de salida con un discreto gesto.

Después llegó mi papá con aspecto sombrío y nos tocó el turno de entrar a la oficina. El director dijo que como no estaban absolutamente seguros de si había participado directamente en el asunto, me darían dos semanas de detención a la hora del almuerzo en lugar de suspenderme. Me dijo que tenía que considerarme en periodo de prueba. Cualquier otro incidente significaría la expulsión inmediata.

Jaz seguía solo en su silla cuando nos fuimos papá y yo.

Si creí que lo peor había pasado, estaba equivocada. Apenas entramos al auto, papá volteó a verme, los labios muy apretados y los ojos intensos, como si estuviera tratando de ver en mi interior.

—¿Por qué harías algo así?

—Papá, no tuve nada que ver en esto. De verdad.

—La violencia no va a arreglar nada. Deberías saberlo.

De repente sentí que ya era demasiado. No tenía sentido tratar de convencer a esta gente, ni siquiera a papá. Ya todos estaban seguros de que iba a terminar en la cárcel. Exploté.

—¿Ah, sí? ¿Y qué va a arreglar las cosas entonces, papá? ¿Debería arreglar las cosas como tú, quedándome callada? Si eso funcionara, Ted y yo no nos estaríamos por mudar al apartamento de mamá, ¿verdad? ¡No me digas cómo debería manejar las cosas cuando tú no eres capaz de manejar nada!

Después de eso se quedó en silencio: típico. Cuando llegamos a casa me fui directo a mi cuarto, cerré la puerta de un golpe y me quedé ahí.

Capítulo nueve

Las clases de la mañana fueron canceladas por una asamblea. Estaba siguiendo a Amanda a las gradas cuando alguien me empujó. Al darme la vuelta me encontré con Brad, que les estaba sonriendo a sus amigos.

—Uy —dijo, encogiéndose de hombros. Me pasó con brusquedad y fue a sentarse a la fila más alta. Miré su espalda con furia y me senté junto a Amanda.

El director Harris ajustó el micrófono, generando un chirrido espantoso.

En nuestra última reunión, había estado demasiado enojada como para verlo siquiera. Ahora me daba cuenta de que era joven para ser director; tenía una pelusa suave en la coronilla como si apenas empezara a quedarse calvo. Se veía como alguien muy común, como salido de un comercial del Día del Padre. Me lo podía imaginar con su familia, corriendo por la vereda a un lado de su hijo, que podría ir pedaleando en su bici.

El Sr. Harris se organizó finalmente en el centro del gimnasio y comenzó a hacer anuncios. La escuela iba a realizar una campaña para recolectar comida. El maestro de música estaba armando un coro para los de doceavo grado. Y se iba a reforzar de inmediato la prohibición de fumar en la escuela, una noticia que provocó las quejas de los pocos aficionados a la marihuana que habían ido a la asamblea.

La banda de octavo tocó su más reciente logro, una pieza que podría usarse para torturar prisioneros. Una enfermera comunitaria habló sobre la hepatitis y el incremento de los riesgos entre los jóvenes. Y después unos alumnos de teatro se empezaron a preparar para una parodia.

Aburrida, abrí mi cuaderno. Ted había marcado mis errores con lápiz y no me había dado tiempo de corregirlos.

Amanda me dio un codazo. Como odia las tareas, me imaginé que no le gustaba que hiciera las mías, pero entonces me dio otro más. Cuando alcé la mirada, la Srta. Samuels estaba parada al pie de las gradas, mirándonos a nosotras.

"Presten atención", dijo en silencio, moviendo los labios y dándose un golpecito en la oreja como hacen siempre los maestros.

Cerré el libro obedientemente y me concentré en la parodia. El escenario era una pared falsa pintada con ladrillos y óvalos blancos.

—¿Se supone que son orinales? —le susurré a Amanda.

Asintió, arrugando la nariz.

—Qué asco —dijo.

La trama era bastante simple. Unos chicos con aspecto de tipos populares estaban fumando. Entró un chico con cara de bobo. Le metieron la cabeza en el retrete y le dieron un par de golpes en el estómago. Luego los tipos se fueron muy tranquilos. Al final (gran sorpresa), los alumnos abrieron un debate sobre la intimidación en la escuela y cómo acabar con ella. Sólo que nadie de las gradas quiso participar, así que no fue un gran debate.

Tuve un breve momento de pánico al salir del gimnasio, de camino al salón.

—¿Vio la Srta. Samuels cómo me empujaban? —le susurré a Amanda.

—¿Alguien te empujó? ¿Cuándo?

—Brad me empujó cuando estábamos subiendo las gradas.

—¿Cómo habría podido ver eso? Había miles de alumnos alrededor de nosotras.

—¿Habrá visto lo que pasó con Jaz en el pasillo?

—Ni idea. ¿Y qué importaría?

—Es que pensé que tal vez era por eso que quería que escucháramos. Porque a nosotras nos han intimidado.

—Amenaza, ¿te has vuelto loca? —contestó Amanda, haciendo ruidos con su goma de mascar, como de costumbre—. Sólo te pueden intimidar si tú te dejas intimidar. Y estamos tan lejos de ese extremo de la cadena alimenticia, que ni siquiera podemos verlo desde aquí.

Me encogí de hombros, aliviada. Claro que la Srta. Samuels no había visto nada. Los maestros siempre te dicen que pongas atención en las asambleas.

—He estado pensando en Brad —dijo Amanda, mirándome de lado.

—¿Pensando en borrarle esa sonrisa burlona de la cara?

—Pensando más bien en salir con él —me dijo con un guiño.

Casi me atraganté.

—Oh, vamos —dijo ella—. Es muy guapo. Guapo a nivel de modelos.

—Primero que nada, eso sería como salir con el diablo —farfullé—. Segundo, no hay forma... NO HAY FORMA... de que Brad salga con una edes.

Amanda masticó muy fuerte unas pocas veces, reflexionando.

—Tal vez saldría con una edes que se porte facilona —dijo.

—Voy a meterte en un manicomio.

Se encogió de hombros.

—No creo que vaya a ser una edes por mucho tiempo —dijo.

—¿Qué? —exclamé. De tan sólo pensar que Amanda me dejara sola en ese salón, el estómago se me convirtió en espagueti—. ¿Adónde te vas?

—A clases normales. Te dije que mi mamá de acogida ha decidido que tengo un potencial oculto. Después de esa escena con Jaz, la convencí de que todos ustedes eran malas influencias.

Me quedé boquiabierta, muy dramática.

—¿*Nosotros* somos malas influencias para *ti*? Increíble.

Cuando regresamos al salón, oí la voz de la Srta. Samuels.

—Si hay algo que quieras decirme, te escucho.

Al entrar, Amanda y yo la vimos sentada frente a Dodie, con las manos sobre la mesa y extendidas hacia ella. Lanzó un suspiro como si estuviéramos interrumpiendo algo, pero Amanda, ajena a todo, se dejó caer en una silla. Yo tiré mis libros sobre la mesa y la Srta. Samuels se levantó y comenzó a escribir la lección del día en el pizarrón. Rob ya había llegado y se mecía en silencio, como siempre. La silla de Jaz estaba vacía: lo habían suspendido por una semana.

Cuando llegué de la escuela, había frente a la casa una camioneta de cerrajero y un hombre estaba trabajando en la puerta principal. Mi papá estaba en la sala, mirando el espacio vacío a lo largo de la pared contra la que antes había estado el sofá "lomo de camello".

—¿Qué está pasando?

—Tu mamá mudó el resto de sus cosas a su apartamento —dijo.

—¿Se llevó el sofá?

Asintió, aún mirando las huellas que habían dejado las patas del mueble en la alfombra.

—¿Y estás cambiando la cerradura para que no entre?

Volteó a verme al fin, entornando un poco los ojos como si estuviera decidiendo qué tanto podía yo escuchar.

—Le dije que no podía quedarse con ustedes.

—¿Es en serio?

—¿Querías mudarte? —me preguntó, de repente muy confundido.

—¡No!

—Bueno, pues sus cosas se quedan aquí. Supongo que tu mamá podría pedir una audiencia para decidir quién se queda con la custodia.

—¿Y entonces qué pasaría? —le pregunté.

—Siempre y cuando los dos podamos mantenerlos, creo que el juez les preguntaría su opinión. Tú y Ted ya tienen edad para decidir en dónde quieren vivir.

Se sentía raro que mi papá me estuviera hablando como a una igual, respondiendo mis preguntas de forma tan seria. Me volví para irme, pero entonces pensé en una cosa más.

—¿No deberías estar en el trabajo?

—Me tomé la tarde libre.

No me acordaba de que mi papá hubiera hecho eso antes.

—¿Sólo para cambiar las cerraduras?

De repente pareció un poco avergonzado.

—Tu mamá tiene opiniones muy fuertes. Siempre me pareció más fácil dejar que hiciera lo que quisiera, pero ahora no quise que tú y tu hermano llegaran y se encontraran con que sus cosas ya no estaban aquí.

Asentí, sintiéndome muy orgullosa de él.

—Gracias.

Esta vez, cuando me volteé para irme, me detuvo.

—Vamos a necesitar un nuevo sofá —dijo.

Se veía tan serio que casi me reí.

—Papá, hemos necesitado un nuevo sofá desde la era del hielo. El café era feo y el nuevo daba vergüenza. Casi sería menos vergonzoso que nos sentáramos en el suelo por el resto de nuestras vidas.

—Bueno, ya que al parecer tienes un gusto tan refinado, pensé que podrías elegir uno.

Se sacó la billetera del bolsillo y sacó una pila de billetes.

—¿De repente soy yo la decoradora de interiores de la casa? —pregunté, mirando el dinero.

—Al menos podrías sugerir un color.

—Rojo —dije de inmediato.

—Ni de casualidad —contestó, dejando escapar una sonrisa.

Miré el cuarto. Las paredes de color *beige* no estaban tan mal, sobre todo ahora que ya no estaba la horrorosa foto de un paisaje marino.

—Verde claro o de tono medio —decidí al fin—. Un estilo zen. Y sería bueno que nos deshiciéramos de esas mesitas y que compráramos unas de pino. O mejor todavía, de metal y vidrio.

Papá asintió, como si estuviera tratando de imaginar la nueva decoración. Después de un minuto, me dio el fajo de dinero.

—Toma esto y elije algo. Si lo odio, podemos devolverlo.

Arriba, marqué el número de Mel con los ochocientos dólares en la mano.

—No lo creo —dijo cuando le pregunté si tenía ganas de ir a elegir un sofá conmigo.

—¿Qué? —dije, parpadeando por la sorpresa. Conocía a Mel desde sexto grado y nunca antes había rechazado una oportunidad de ir de compras.

—Tengo cosas que hacer —dijo fríamente.

—¿Hay algún problema?

—Bueno, veamos... tiene una altura promedio, más o menos una taza de fijador en el cabello y una bola de goma de mascar en la boca.

—¿Estás celosa de Amanda?

—No estoy celosa —dijo. La oí respirar hondo a través de los dientes, como si estuviera tratando de mantener la calma—. Simplemente ya no sé quién eres. Hace un mes lo sabía todo de ti. Entonces desapareces por semanas, ignoras mis llamadas y al final me llevas a un salón de tatuajes.

Es como si te hubiera suplantado un extraterrestre.

—Lo que sea.

Sabía que tenía razón, pero yo no podía andar por una nueva escuela sin hacer amigos.

—Te llamaré luego —me dijo y colgó. Me quedé mirando el teléfono con el ceño fruncido por algunos minutos. Ni siquiera le había podido contar que papá había cambiado las cerraduras.

Pensé en llamarla de nuevo para decírselo, sólo para que se sintiera culpable por no haberme preguntado cómo iba mi vida.

No lo hice. En lugar de eso, metí el dinero en mi billetera y bajé a la cocina a hacer sándwiches de queso a la parrilla para la cena. Papá había estado tratando de cocinar y cada noche estaba más cerca de matarnos. Si yo empezaba lo suficientemente temprano, tal vez no inventaría ningún platillo nuevo.

Capítulo diez

No pasó mucho tiempo antes de que mamá se enterara de lo de las nuevas cerraduras. Yo estaba a dos casas de la nuestra el lunes por la tarde, de vuelta de la escuela, cuando escuché su voz. No estaba segura de si debía apurarme o darme la vuelta y correr en sentido contrario.

—Escúchame bien, jovencito —chillaba mamá mientras me acercaba a la entrada de autos. Ted estaba frente a ella, encorvado dentro de su ancha sudadera. Todavía tenía la mochila al hombro y la puerta principal estaba cerrada—. Dame esa llave. Todavía soy parte de esta familia y tu padre no tiene ningún derecho de dejarme afuera de la casa. Este no es momento de jugar a tener favoritos, Theodore Hallard.

Ted no reaccionó sino hasta que mamá usó su nombre completo, cosa que él odia. Vi cómo se hacía más pequeño. Yo también estaba tratando de encogerme, pensando en que todos los vecinos podían ver la escena desde detrás de sus persianas. Me podía imaginar a la anciana de la casa de enfrente mirando con esfuerzo desde la ventana de su sala, con la barbilla echada hacia arriba y la nariz toda arrugada hasta las cejas. Muy pronto saldría a su jardín y haría como si tuviera que regar las plantas, en realidad esperando una oportunidad para decir: "En mis tiempos no sacábamos nuestros trapitos sucios al sol".

Mamá todavía no me había visto. Era como si me hubiera quedado congelada frente a la casa.

—¿Y entonces? —le siseó a Ted—. ¿Qué vas a hacer?

Si yo fuera él ya estaría berreando, pero Ted ni siquiera parpadeaba. Tal vez estaba jugando sus videojuegos de marcianos en la cabeza.

¡*Pam*! Mamá le dio una cachetada, muy fuerte. Después se dio la vuelta sobre sus tacones altos y caminó indignada por la entrada de coches hacia su auto... y hacia mí, que seguía congelada. Pero no se detuvo. Simplemente pasó a mi lado, entró a su auto y se fue rechinando llantas.

Liberados mis pies, caminé hasta donde seguía parado Ted.

—Gracias por tu ayuda —dijo con voz amarga, frotándose la mejilla y mirando con furia hacia donde había desaparecido el auto de mamá.

—No tenías que quedarte aquí parado dejando que te gritara —le dije—. Le debiste haber dicho que se largara.

Ted abrió la boca para defenderse, pero la cerró enseguida, sacó su llave de un bolsillo y entró a la casa.

—Lárgate tú —dijo, cerrándome la puerta en la cara.

Debí haberlo seguido para pedirle perdón, pero lo que hice fue ir al patio, a un lugar donde los vecinos no me pudieran ver; tiré mi bolsa a los escalones del porche y me puse a llorar. Lágrimas enormes, desvergonzadas, de niño pequeño.

No fue porque Ted me dijera que me largara, cosa que había pasado un millón de veces antes. Fue por los gritos de mamá, por el golpe de su mano contra la cara de Ted. El sonido del golpe resonaba en mis oídos como un eco. Era un eco. La mano de Amanda había hecho exactamente el mismo ruido horas antes, cuando le dio una cachetada a Dodie.

Ocurrió así:

Cuando yo entré al salón, Rob estaba al final de la mesa, en su propio mundo, como siempre. Dodie estaba de pie con los hombros encorvados y los brazos cruzados en el pecho. Amanda estaba parada frente a ella, muy cerca.

—Mira lo que trae puesto la Srta. Dodie la Boba hoy —me dijo Amanda con desprecio.

—Bonita camisa —dije, alzando las cejas. *Era* una bonita camisa y de verdad le quedaba bien. Tal vez había seguido mi consejo y había empezado a comprar su propia ropa. O tal vez no debería haber seguido mi consejo, porque era obvio que la camisa había llamado la atención de Amanda.

—Seguro que la robó —dijo Amanda, acercándose más a ella. Dodie dio un paso atrás.

—Yo no robo cosas —gimoteó Dodie—. Nunca haría eso.

—*Nunca haría eso* —la remedó Amanda con una voz cantarina—. *Nunca haría eso.*

Dejé mis libros en la mesa y me acerqué a tocar la manga de la camisa de Dodie.

—No es más que poliéster. Seguramente la compró en la tienda de segunda mano.

Yo no fui tan mala. No tan mala como estaba siendo Amanda. Pero a Dodie le empezó a temblar un labio y lanzó un gemido. Muy pronto se puso a resoplar y a enjugarse las lágrimas y los mocos de la cara.

—La estás ensuciando —la molestó Amanda tirando de una de sus mangas, que se enganchó en uno de sus anillos. El sonido de la tela desgarrada sonó muy fuerte en el salón.

Dodie chilló como si la estuvieran matando. Me di cuenta de que sus sollozos estaban haciendo que Amanda se enojara más todavía.

—No vale la pena —dije como advertencia—. Y la Srta. Samuels va a llegar en cualquier momento. Déjala en paz.

Amanda miró otra vez a Dodie, me miró a mí y puso los ojos en blanco.

—No aguanto estar con tantos idiotas a la vez. Es mi último día aquí. Sólo vine a recoger mis libros. No más vida de pobres con los edes para esta chica.

Dodie no dejaba de sollozar. Era en serio muy irritante. Se veía que Amanda estaba a punto de atacarla de nuevo. Traté de detener a Dodie.

—¿Puedes olvidar el asunto? Es sólo una camisa. El mundo no se va a acabar por eso.

Me ignoró y lloriqueó con más fuerza. Amanda se le acercó de nuevo.

—¿Hola? ¿Tierra llamando a Dodie? Ni siquiera era tan bonita. Tal vez era bonita comparada con tus suetercitos, pero no los vamos a usar como un denominador común de la moda, ¿verdad?

Dodie no alzó la mirada, sólo se quedó ahí, hipando. Entonces empezó a berrear y muy pronto ya estaba lanzando grandes sollozos. Me daba cuenta de que cuanto más se portaba Dodie como un bebé, más se enojaba Amanda. En poco tiempo estaría gimiendo tan fuerte que toda la escuela vendría al salón. Entonces Amanda le dio una cachetada. Fuerte.

Dodie se echó hacia atrás y abrió enormes los ojos. Eso sí, dejó de llorar. Se quedó absolutamente inmóvil por un minuto. Después se dio la vuelta y se fue corriendo del salón.

La seguí con los ojos hasta la puerta... y ahí vi a Brad. Estaba de pie en el pasillo, obviamente viéndolo todo. Amanda también lo vio. Enseguida tomó sus libros y pasó junto a mí muy airosa.

—Como ya dije, me voy de este lugar de locos. Me voy a cosas más grandes y mejores.

No se detuvo junto a Brad al salir, pero noté que él la seguía con la mirada por el pasillo.

Cuando la Srta. Samuels llegó al fin, la Mecedora Rob y yo éramos los únicos que quedábamos en el salón.

Capítulo once

El martes Dodie no fue a clases. Ni tampoco el miércoles. La Srta. Samuels preguntó por ella, pero yo me encogí de hombros. Amanda no estaba ahí para contestar.

—¿Cómo podría yo saber? —dijo con mala cara Jaz, que acababa de volver de su semana de castigo.

La clase fue de hecho más tranquila sin Dodie. Yo sabía que si la veía me iba a sentir culpable por no haber detenido a Amanda. Quiero decir, Dodie era increíblemente irritante, pero Amanda había llevado las cosas demasiado lejos. Al menos, como no estaban ninguna de las dos, podía sacarme de la cabeza todo el incidente. Además, me tenía que concentrar: tenía que escribir un ensayo para Historia. La Srta. Samuels ya había leído mi primer borrador y me estaba ayudando a reescribirlo, párrafo por párrafo.

—Piensa en cada parte de un párrafo como en una parte de hamburguesa —me había dicho, dibujando en el pizarrón una hamburguesa gigante. Como si fuera su entrada a escena, el estómago de Jaz había gruñido. Se me escapó entonces una risita y hasta la Srta. Samuels sonrió.

Cuando se volteó hacia el pizarrón, comenzó a dibujar flechas hacia su dibujo.

—El pan de arriba es la frase que da el tema —dijo—. Con esa frase le dices al lector exactamente lo que va a encontrar adentro.

Le agregó unas pequeñas semillas de ajonjolí al pan mientras hablaba.

—La carne de la hamburguesa es la carne de tu párrafo —siguió—. Aquí tienes que explicar tu primera frase y ofrecer hechos para sustentarla. Por último, tu conclusión es el otro pan. En esa parte resumes lo que has dicho antes.

En algún momento, sin darme cuenta, me había empezado a gustar la clase de la Srta. Samuels. Digo, todavía trataba de entrar al salón sin que nadie me viera, como si estuviera visitando una clínica de enfermedades de transmisión sexual... cosa que no he hecho nunca. Pero una vez adentro, las cosas parecían cada vez más posibles.

Podía ya no ser una edes, pero eso no le impidió a Amanda aparecerse frente a mi casillero después de clases. Llegó justo a tiempo para verme contemplando los ocho billetes nuevecitos de cien dólares en mi cartera. Saqué uno y lo agité bajo su nariz.

—¿Quieres ir de compras?

Lo miró con ojos desorbitados y trató de agarrarlo.

—¿Cuándo ganaste la lotería?

—No es para mí. Es para comprar un nuevo sofá —le dije, sacando los billetes de su alcance—. Puedo gastar hasta ochocientos dólares y hemos decidido que tiene que ser verde.

Amanda gimió.

—¿Ochocientos dólares para gastar y tienes que comprar un sofá? ¿No podrías comprar joyas?

Atentas al guardia de seguridad que nos había gritado antes, entramos a la tienda departamental de la plaza y fuimos hasta el quinto piso: muebles para el hogar. Amanda se acostó enseguida sobre un sofá de cuero negro de tres mil dólares y dijo: "Tráeme un martini, ¿quieres, carrrriño?

Ignorándola, paseé entre los muebles expuestos. Cada uno de los sofás estaba rodeado por toda una sala: alfombras, mesitas, lámparas, televisores. Me podía imaginar a una familia de cuatro apretada en el gran sillón de tela escocesa para ver comedias en la tele o a un grupo de ancianas tomando el té en un juego de sofás floreados.

Amanda me encontró mientras probaba un modelo que me había gustado. Era de terciopelo verde pálido, lo suficientemente blando como para ser cómodo, pero no tanto como para tragarme.

Me levanté y, después de ser ignorada por unos minutos, logré que un vendedor se acercara.

—Quisiera este sofá.

—Si nos puede dar un quince por ciento de descuento —dijo Amanda, poniéndose delante de mí de un codazo—. Está un poco por encima de nuestro presupuesto.

La miré con los ojos muy abiertos y el vendedor se aclaró la garganta, nervioso. Amanda lo miró muy segura hasta que él dijo:

—Voy a preguntarle al gerente para ver si hay algo que podamos hacer.

—¿Qué haces? —le dije con un siseo cuando él ya no estaba cerca.

—Confía en mí. Se supone que debes negociar cuando compras estas cosas.

El vendedor reapareció entonces. Las dos tratamos de parecer muy despreocupadas, como si compráramos sofás todos los días.

—Parece que es posible que este artículo esté en descuento en unas pocas semanas. Les puedo dar un descuento anticipado del cinco por ciento.

Amanda lanzó un sonido de insatisfacción.

—Nos lo llevamos —le dije—, si incluye estas dos lámparas por el mismo precio.

Veinte minutos después, salí de la tienda con un recibo y una garantía, además de cuarenta dólares y algunas monedas. El sofá (¡y las lámparas!) serían entregados en dos o tres días.

—Vamos, eso no fue una emoción fuerte. ¿Una aventurilla más antes de salir del centro comercial...? —dijo Amanda.

Sacudí la cabeza, demasiado satisfecha con mi compra como para arriesgarme con una aventura.

—Tengo que irme a casa. Pero gracias por tu ayuda, Maestra de las Gangas.

—¡Qué aburridaaaaa! —me gritó desde el otro lado del estacionamiento.

Cuando llegué a casa, mamá estaba otra vez parada frente a la puerta. Esta vez no estaba gritando; sólo daba golpecitos impacientes en el suelo con el pie. Ted estaba de espaldas a la puerta con los brazos cruzados.

Al verme, mamá pareció aliviada.

—Miren, no quiero la llave y no quiero entrar a la casa. Sólo vine a ver si los puedo llevar a tomar un café.

—Como si fuéramos a creer eso —musitó Ted.

Mamá lo ignoró y se concentró en mí.

—No pueden simplemente dejarme fuera por el resto de sus vidas. No se quieren mudar conmigo... lo entiendo. Pero al menos vengan a tomar un café.

La miré atentamente, entrecerrando los ojos.

—Vas a tener que ser amable conmigo todo el tiempo —le dije.

Sus labios se apretaron hasta formar una sola línea, pero asintió.

—Excesivamente amable —agregué.

Asintió de nuevo.

—¡No puedo creer que estés aceptando esto! —espetó Ted, mirándome como si yo estuviera cruzando las líneas enemigas.

—Mira, tú quédate aquí y espera a papá —le dije—. Imagínate que esto es una misión de reconocimiento. Como en tus videojuegos. Si todo es seguro, tal vez quieras ir la próxima vez.

Puso los ojos en blanco y abrió la puerta. Después entró y se fue dando un portazo.

Cuando llegué a casa, Ted estaba esperándome en el pasillo, dando golpecitos con un pie y con un aspecto muy parecido al que había tenido mamá no mucho tiempo antes. Escuché que papá estaba lavando platos en la cocina.

—¿Y? —exigió Ted.

—Pues estuvo bien. Quiero decir, el apartamento se ve como si hubiera salido de las páginas de una revista. No le vendría mal tener unas pocas de tus huellas sucias por aquí y por allá.

Todavía parecía suspicaz.

—¿Fue amable?

—Sí —le aseguré.

No le dije a Ted que mamá se había dado cuenta de que había tomado cincuenta dólares de su cómoda. Me había hablado de eso de manera bastante cordial. Luego de prometerle que no me convertiría en una criminal, se portó sorprendentemente bien. Tal vez el hecho de haber dado el salto y de tener su propia casa la había relajado un poco.

—Después de hacer que repitiera su promesa de que iba a ser amable —le dije a Ted con una sonrisa—, le mostré esto.

Entonces dejé que Ted viera mi nueva argolla en el ombligo. Casi se le salieron los ojos de las órbitas.

—Te hiciste... —empezó a decirme. Entonces le puse la mano en la boca y le hice cosquillas hasta que prometió que no se lo diría a papá.

Había sido un día estupendo... uno de los mejores que podía recordar. Hasta la cena de papá fue comestible.

Capítulo doce

Supe que algo andaba mal apenas entré a la escuela el jueves por la mañana. Aunque faltaban cinco minutos para la campana, los pasillos estaban en silencio. Los grupos de chicos dejaban de hablar cuando yo pasaba a su lado y todos me seguían con la mirada.

Fui a mi casillero y busqué mis libros, tratando de entender qué estaba pasando.

Como no pude escuchar nada, fui hacia el casillero de Amanda. Cuando me vio venir, me sonrió con cara malvada.

—Me arrestaron anoche —me dijo.

—¿Te qué…?

—Me quedé en el centro comercial y traté de robar un par de aretes.

—¿Y te arrestaron por eso?

—Ese guardia de seguridad tiene un palo metido en el culo —dijo, sin mirarme—. Habló y habló sobre la falta de respeto, sobre cómo me iba a convertir en una criminal empedernida y bla, bla, bla. Si no hubieran llegado los policías, tal vez habría vomitado sobre sus pantalones de poliéster.

—¿Y ellos qué hicieron?

—Me llevaron a la estación y llamaron a mi mamá de acogida. Entonces tuve que oír otro rollo más sobre cómo decepciono a la gente. Parece que la tienda todavía está decidiendo si presentar cargos o no.

—¿Tiene eso algo que ver con que todos estén tan raros esta mañana?

Amanda levantó una ceja burlona. No tenía que decir nada: yo sabía que era una pregunta tonta. El humor del cuerpo estudiantil no dependía del expediente criminal de Amanda.

—¿La gente está rara? —me preguntó, no muy interesada.

Antes de que pudiera contestar, sonó la campana.

—Oye, adivina quién me llamó anoche —me dijo Amanda mientras me iba a clases. Volteé a verla—. Brad. Pensó que tal vez me gustaría ir a tomar un café.

El mundo se estaba volviendo cada vez más raro. Y todavía no había descubierto qué estaba pasando en la escuela. Cuando llegué al salón, Jaz, la Mecedora

Rob y yo nos sentamos en silencio hasta que llegó la Srta. Samuels.

Si no fuera porque es maestra, habría pensado que había estado llorando. Tenía los ojos rojos como si no hubiera dormido.

—¿Qué está pasando? —pregunté con voz queda.

—Dodie Dunstan murió anoche —dijo.

Aunque parezca raro, mi primer pensamiento fue que Dodie tenía apellido. Digo, aparte de la Boba. Dodie Dunstan. ¿Era así como se hablaba de una persona muerta? ¿Debía usarse el nombre completo?

A la Srta. Samuels se le quebró la voz, pero continuó.

—La policía no sospecha que haya habido terceros involucrados.

—Eso quiere decir... —dijo Jaz.

La Srta. Samuels asintió.

—¿Eso quiere decir qué? —pregunté, confundida.

—Se mató. Suicidio —dijo Jaz, fijando su intensa mirada en mí por primera vez en toda la mañana. Frunció los labios, pensando—. Parece del tipo que tomaría pastillas. No creo que quisiera ver sangre.

Era obvio que la Srta. Samuels no sabía qué tanto decirnos, pero finalmente asintió.

—Fue una sobredosis.

—¿Dejó alguna nota? —pregunté. De repente no podía dejar de pensar en mi grafiti con lápiz labial en el espejo del baño. Ardía en mi cabeza con un color rojo neón.

La Srta. Samuels negó con la cabeza.

—No han encontrado ninguna nota. Las clases se cancelan por el resto del día. Hay consejeros de manejo del dolor listos para escuchar a quien lo necesite en el gimnasio, el auditorio y la oficina.

Pienso que todos deberían hablar con alguno de ellos.

Jaz casi estaba afuera del salón antes de que la Srta. Samuels hubiera terminado de hablar. Yo salí lentamente, pero sin ninguna intención de ver a un consejero. ¿Qué podría decirle? ¿Que fuimos tan malas que la matamos?

El funeral fue el lunes.

Pasé el fin de semana anterior en mi capullo, dentro de la casa, viendo la tele desde el suelo de la sala hasta que entregaron el sofá el sábado por la tarde. Después vi la tele desde el sofá.

Amanda llamó cinco veces. Ted me dio sus mensajes. Creo que lo insultó la última vez que llamó, pero él no mencionó esa parte. Sólo me dijo: "Deberías llamarla pronto. Está empezando a sonar un poco enojada". Pensé en llamar a Mel, pero ella había dejado muy claro que no quería hablar conmigo.

Papá me hizo una caricia en la cabeza una vez, pensando, supongo, que era un gesto consolador. Después me dejó sola.

El lunes no fui a clases y en la iglesia me encontré con que el estacionamiento estaba lleno de alumnos de la escuela. Muchas chicas que ni muertas habrían hablado con Dodie, ahora sollozaban y se abrazaban las unas a las otras. Hasta había venido la pandilla de Brad. Uno de ellos estaba hablando con un reportero de televisión sobre lo "lamentable" que era la situación. Los miré con furia al pasar. Todo el asunto me recordaba a la muerte de la princesa Diana. De repente, millones de personas de todo el mundo lloraron como si ella hubiera sido su mejor amiga. "¡Ni siquiera la conocían!", me habría gustado gritarles. Eso es lo que quería gritar ahora, directamente a la cámara del noticiero.

Iba hacia la escalera de la iglesia cuando vi a Amanda. Estaba subiendo los escalones y el brazo de Brad se deslizaba por su cintura.

Al principio pensé que debía ser otra persona, alguien que se parecía a Amanda por detrás. Pero en lo alto de la escalera se detuvieron y él le susurró algo al oído. Amanda se volteó a verlo y vi su perfil. Vi cómo alargaba la mano, adornada con sus pesados anillos de plata, para alisarle la camisa.

Después de eso me quedé de pie en el estacionamiento y dejé que todos fueran y vinieran a mi alrededor. Parecía que todos los alumnos de la escuela estaban ahí. También estaban los maestros y otras personas que no reconocí. Al final, un auto negro llegó hasta la escalera y una mujer muy afligida bajó del auto con una niña, una versión de Dodie en pequeño. La mujer me miró por un instante. Entonces alguien salió de la iglesia para tomarla del brazo y desaparecieron en su interior. El estacionamiento quedó vacío.

Nunca antes había ido a un funeral. Este no fue el primero. Simplemente me senté en los escalones con las piernas encogidas contra mi pecho y el abrigo lo más apretado posible. Esa mañana había llovido. Ahora hacía mucho viento y las nubes estaban bajas. Era uno de esos días que parecían oscuros incluso en plena tarde.

Podía oír los himnos que venían del interior. Escuché la voz de una mujer, pero no pude entender sus palabras. ¿Qué se puede decir en el funeral de alguien que se ha suicidado? ¿Que amaba la vida? ¿Que tenía grandes sueños y esperanzas? Parece que no era así.

Cuando pensaba mucho en Dodie, cuando pensaba en el espejo con lápiz labial, en el jugo de naranja derramado o en su camisa rota, sentía que se me cerraba el pecho. No podía respirar. Así que trataba de no pensar en ella en absoluto, pero aparecía en mi cabeza igual que las motas de aceite en los charcos del estacionamiento.

Escuché el ruido de la madera contra la madera y el ajetreo de la gente que se levantaba. Antes de que alguien abriera las puertas dobles y me encontrara ahí sentada, me puse de pie y me paré del otro lado del muro, a la sombra de las escaleras. Aún apretando el abrigo contra mí, vi cómo salían todos lentamente.

—Terrible —escuché que le decía el director a una de las maestras, sacudiendo la cabeza y haciendo un chasquido con la lengua.

—Esa pobre mujer. Es como si hubiera envejecido una década de la noche a la mañana —le susurró otra maestra al hombre que estaba a su lado, señalando con la cabeza a la mujer que había llegado al final con la niña.

¿Sería la madre de acogida de Dodie? ¿La niña sería su hermana?

—¡Brad! ¡Ya para! —oí la fuerte voz de Amanda, tan fuera de lugar, una mancha de color en una película en blanco y negro—. Shhh —dijo entre risitas—. Vas a meternos en problemas.

Bajó los escalones a saltitos, seguida de cerca por Brad, que parecía estar tratando de mordisquearle una oreja. ¿Mordisquearle una oreja? ¿Es que me había dormido y terminado en otra dimensión?

—Amanda —la llamé, saliendo de las sombras—. No te vi entrar —le mentí. Evité mirar hacia donde estaba Brad.

Ella se detuvo y me miró con frialdad.

—Así que estás de vuelta, ¿eh? Desapareciste todo el fin de semana. Supongo que has decidido regresar al mundo de los vivos.

—Supongo —dije, encogiéndome de hombros.

Ella hizo una mueca de desprecio, extendió la mano hacia atrás y tomó la de Brad.

—Pues qué mal que el mundo te haya pasado de largo.

Su risa atrajo algunas miradas en el atiborrado estacionamiento.

—Amanda —le dije en voz baja y dura. Volteó a verme lentamente—. ¿Cómo puedes ser así? ¿Y si fue nuestra culpa? —agregué, sintiendo que mi voz era cada vez más fuerte y aguda.

—¡Cállate! —exclamó, agarrándome muy fuerte del brazo—. Estás diciendo tonterías. ¿Qué tuvimos que ver en eso? Nadie se suicida por una camisa rota. ¿Entendiste?

Asentí en silencio. Brad tiró de la otra mano de Amanda. Se veía incómodo.

—Ya me voy —me dijo Amanda—. No vamos a decir ni una palabra más de esto. Jamás.

Me miró fijamente por un momento para asegurarse de que la hubiera escuchado. Después se acomodó el cabello y se acurrucó contra Brad otra vez.

Bajé la cabeza y salí zigzagueando del estacionamiento.

Capítulo trece

—¡No cuelgues! —dije al escuchar la voz de Mel al teléfono—. Sé que he sido una imbécil.

—Has sido una imbécil —dijo con recelos.

Casi era agradable que alguien me lo dijera al fin. Toda la semana había visto gente que pensaba que yo era mejor de lo que soy en realidad. Me saqué una A en el ensayo de Historia que la Srta. Samuels me ayudó a reescribir. Mi papá prácticamente resplandecía por la noticia. Hasta mamá me llamó para felicitarme; después me preguntó si quería ir a cenar el fin de semana.

—¿Dormiría en casa después?

—Donde tú quieras —respondió.

—Me gustaría dormir en casa.

—Está bien —dijo, como si estuviéramos discutiendo los ingredientes de una pizza—. Pregúntale a Ted si le gustaría venir también.

Ted dijo que no, por supuesto, pero le dije que yo serviría como una fuerza de avanzada. (Creo que entiende mejor estas cosas en lenguaje de videojuego.)

—¿Bueno?, ¿sigues ahí? —la voz de Mel hizo eco en mi oído. Casi la había olvidado en el teléfono.

—Mira, ya no soy amiga de Amanda, lamento haberte tratado tan mal y odio estar peleada contigo —dije de un tirón, para no darme la oportunidad de acobardarme.

Se quedó en silencio por un minuto y casi pude escucharla mordiéndose el labio, pensando.

—¿Cómo está la argolla de tu ombligo? —preguntó al fin.

—Me la saqué. Me mataba cada vez que me abrochaba los pantalones.

Mel lanzó una carcajada y me pareció que me había perdonado.

El perdón parecía llegar con facilidad… casi demasiada.

Después de la escena con Amanda en el estacionamiento de la iglesia, cumplí mi palabra y no volví a decir que habíamos sido malas con Dodie. A pesar de todo, la Srta. Samuels se me acercó una mañana después de clases.

—Todos hemos dicho cosas de las que después nos arrepentimos —dijo suavemente—. Y la verdad es que Dodie estaba mal desde hacía mucho tiempo.

Me encogí de hombros, pero al oír el nombre de Dodie se me llenaron los ojos de lágrimas.

—No fue tu culpa —continuó, poniéndome la mano en un hombro.

Asentí y me di la vuelta para salir del salón, pero cambié de idea.

—No es que haya sido mi culpa —dije en voz muy baja—. Lo que pasa es que yo empeoré la situación. Tal vez podría haberla mejorado.

—Caz... otra cosa —dijo mientras me volteaba para irme—. Creo que a tu maestro de Arte le gustaría hablar contigo. Estamos organizando una muestra conmemorativa y quiere incluir uno de tus dibujos.

Sabía de cuál se trataba sin siquiera preguntar. Era un retrato al carboncillo de Dodie con su camisa nueva, manga rota incluida. Lo había dibujado en los días entre su muerte y el funeral.

Asentí. Cuando la Srta. Samuels se fue, me derrumbé en una silla y apoyé la frente en la mesa. Me dolía el pecho. Era como si mi garganta se hubiera cerrado el día de la muerte de Dodie, dejando sólo el espacio de un popote para que pasara el aire. Cada vez que lograba inhalar un poco de aire, dejaba entrar la culpa.

—Soy una persona terrible —le dije a la mesa en susurros.

De repente escuché el chirrido de una silla. Levanté la cara y me encontré a Rob mirándome... directamente. Rob nunca miraba directamente a nadie.

—No sabía que estabas aquí —le dije.

—No eres tan mala. No terrible. Creo que en el fondo eres buena —dijo.

Anonadada, miré detrás de mí para ver si alguien más había sido testigo de que Rob había hablado. No había nadie más.

—Creí que no hablabas —dije como una estúpida. Rob me miró un minuto más, en silencio. Poco a poco comenzó a mecerse de nuevo y a dar golpecitos con el dedo en la mesa.

Repetí su análisis en mi cabeza. "No eres tan mala. Creo que en el fondo eres buena". ¿Sería verdad? No había sido verdad en los últimos tiempos. Mientras estaba ahí sentada, mi garganta pareció abrirse un poquito y respiré hondo.

Tal vez podría hacerlo verdad.

Títulos en la serie
orca soundings en español

A punta de cuchillo
(Knifepoint)
Alex Van Tol

A reventar
(Stuffed)
Eric Walters

A toda velocidad
(Overdrive)
Eric Walters

Al límite
(Grind)
Eric Walters

El blanco
(Bull's Eye)
Sarah N. Harvey

De nadie más
(Saving Grace)
Darlene Ryan

El qué dirán
(Sticks and Stones)
Beth Goobie

En el bosque
(In the Woods)
Robin Stevenson

La guerra de las bandas
(Battle of the Bands)
K.L. Denman

Identificación
(I.D.)
Vicki Grant

Ni un día más
(Kicked Out)
Beth Goobie

No te vayas
(Comeback)
Vicki Grant

La otra vida de Caz
(My Time as Caz Hazard)
Tanya Lloyd Kyi

Los Pandemónium
(Thunderbowl)
Lesley Choyce

El plan de Zee
(Zee's Way)
Kristin Butcher

El regreso
(Back)
Norah McClintock

Respira
(Breathless)
Pam Withers

Revelación
(Exposure)
Patricia Murdoch

El soplón
(Snitch)
Norah McClintock

La tormenta
(Death Wind)
William Bell

Un trabajo sin futuro
(Dead-End Job)
Vicki Grant

La verdad
(Truth)
Tanya Lloyd Kyi